AF494443

17 mars 1888 P

VENTE DU SAMEDI 17 MARS 1888
HOTEL DROUOT, SALLE N° 3

SCULPTURES DE J. B. PIGALLE

Porcelaines — Bronzes — Curiosités

TABLEAUX ANCIENS

GOUACHES — AQUARELLES — GRAVURES

PROVENANT DE LA

Succession de Mme DEVISME, née PIGALLE

EXPOSITIONS :

PARTICULIÈRE	*PUBLIQUE*
Le Vendredi 16 Mars 1888	Le Samedi 17 Mars 1888, jour de la Vente
de 1 heure à 5 heures.	de midi à 2 heures 1/2.

Me Paul CHEVALLIER	*M. Charles MANNHEIM*
COMMISSAIRE-PRISEUR	EXPERT
10, rue Grange-Batelière	7, rue Saint-Georges.

HOMO
ADDITVS
NATVRÆ
IMPRIMERIE DE L'ART

CATALOGUE

DE DIVERSES

ŒUVRES DE J. B. PIGALLE

MARBRE : l'Enfant à l'oiseau

BRONZE : l'Enfant à la cage

MAQUETTES EN TERRE CUITE — PLATRES

Porcelaines de Sèvres — Curiosités — Bronzes

TABLEAUX ANCIENS

Œuvre importante de CHARDIN

Gouaches — Aquarelles — Gravures

Le tout provenant de la

Succession de Mme Ve DEVISME, née PIGALLE

ET DONT LA VENTE AURA LIEU

HOTEL DROUOT, SALLE N° 3

Le Samedi 17 Mars 1888

A DEUX HEURES

Me PAUL CHEVALLIER	M. CH. MANNHEIM
COMMISSAIRE-PRISEUR	EXPERT
10, rue de la Grange-Batelière, 10	7, rue Saint-Georges, 7

EXPOSITIONS

PARTICULIÈRE	PUBLIQUE
Le Vendredi 16 Mars 1888	**Le Samedi 17 Mars 1888**
De 1 heure à 5 heures.	*De midi à 2 heures 1/2*

CONDITIONS DE LA VENTE

Elle sera faite au comptant.

Les acquéreurs payeront en sus des enchères *cinq pour cent*, applicables aux frais.

L'exposition mettant le public à même de se rendre compte de l'état des objets, il ne sera admis aucune réclamation une fois l'adjudication prononcée.

Paris. — Imp, de l'Art, E. Ménard et Cie, 41, rue de la Victoire.

SCULPTURES

DE

J. B. PIGALLE

---

1 — MARBRE BLANC. *L'Enfant à l'oiseau.*

Charmante statue, par PIGALLE. Enfant nue, assise, la tête penchée vers la gauche et les yeux fixés sur un fruit qu'elle tient de la main gauche ; de la droite, elle tient un oiseau.

Sur la base, la signature PIGALLE, F. 1784.

Cette statue semble avoir été exécutée à titre de pendant à l'Enfant à la cage, exposé aujourd'hui dans les galeries du Louvre et dont la reproduction, en bronze, figure au présent catalogue sous le n° 2.

Haut., 46 cent.

2 — Bronze à patine brune. *L'Enfant à la cage.*

Enfant nu, assis, la tête tournée vers la droite, la main droite fermée sous le menton, la gauche posée sur une cage ouverte ; il semble tout contristé d'avoir laissé s'échapper l'oiseau. Le marbre de Pigalle fait partie des collections du musée du Louvre.

On lit dans *la Vie et les œuvres de J. B. Pigalle*, par P. Tarbé, Paris, 1869, à la page 232 : « Pigalle avait fait faire quatre ou cinq reproductions en bronze de cette statue. La seule qu'il ait retouchée lui-même est restée dans la famille ; Mme veuve Devisme, sa petite nièce, la possède. »

Haut., 41 cent.

3 — Terre cuite. Maquette, par Pigalle, représentant Jupiter, nu, porté sur un nuage ; la main droite au-dessus de la tête, armée de la foudre ; la main gauche posée sur l'aigle aux ailes éployées.

Haut., 29 cent.

4 — Terre cuite. Maquette, par Pigalle : guerrier grec, nu, casqué, adossé contre un arbre,

le bras droit sur la tête, la main gauche tenant le bouclier.

Haut., 25 cent.

5 — Terre cuite. Maquette, par Pigalle : personnage nu, assis sur un tronc d'arbre, penché en arrière, le bras droit plié sur la tête, tenant un arc de la main gauche.

Haut., 28 cent.

6 — Terre cuite. Maquette, par Pigalle : homme debout, drapé dans un manteau dont il ramène les plis de la main droite ; il tient de la main gauche le corps d'un vieillard renversé.

Haut., 24 cent.

7 — Platre peint. Statuette de Mercure, assis, coiffé du pétase et attachant ses talonnières. « L'original de cette jolie statue était en terre cuite. Pigalle voulut l'exécuter en plâtre pour l'exposition des Beaux-Arts qui s'ouvrait le jour de la Saint-Louis 1742. Le public confirma le jugement des artistes, et le succès fut complet. Dès le 4 novembre 1741, sur la vue de son modèle, Pigalle avait été reçu membre agréé de l'Académie royale de peinture et de sculpture, etc. » *Vie et œuvres de Pigalle*, par P. Tarbé, page 30.

Haut., 58 cent.

8 — Platre peint. Statuette de Pigalle, représentant la Sécurité du commerce, dite *le Citoyen*. C'est l'une des deux figures emblématiques qui accompagnaient la statue du roi Louis XV, exécutée pour la ville de Reims.

Haut., 40 cent.

PORCELAINES DE SÈVRES

ET AUTRES

9 à 11 — Trois tasses arrondies, trois soucoupes, une théière ovoïde et un sucrier couvert, en ancienne porcelaine de Sèvres, pâte tendre, fond vert, décorés de médaillons, paysages en camaïeu rose, encadrés de festons de feuillages en dorure.

12 — Deux tasses évasées en vieux Vincennes, pâte tendre, fond bleu jaspé et veiné d'or et médaillons d'oiseaux en couleur ; deux soucoupes, même fond, mais avec décor d'oiseaux en dorure.

13 — Deux petits seaux en ancienne porcelaine de Sèvres, pâte tendre, décorés de bouquets jetés et de filets bleu et or.

14 — Tasse et soucoupe, en ancienne porcelaine blanche de Sèvres, pâte tendre, bordées d'une dentelle en dorure.

15 — Petit vase, forme Médicis, en ancienne porcelaine de Sèvres, pâte tendre, décoré de deux bouquets.

16 — Tasse droite et soucoupe, en Sèvres, pâte tendre, décor à fleurs, et un pot à lait, en porcelaine décorée de Paris. Époque Louis XVI.

17 — Grande tasse, du temps du premier Empire, en porcelaine, décorée d'un sujet représentant la Vierge au raisin ; fond gros bleu avec ornements en dorure.

18 — Tasse plus petite, à fond vert et médaillons, représentant Don Quichotte et Sancho Pança.

19 — Grand groupe, en biscuit de Sèvres, représentant le Triomphe de Bacchus.

20 — Autre groupe : Jeune Fille et Amour ; il repose sur un socle portant en lettres d'or l'inscription suivante : 400

« *Par la douleur que tu ressens*
« *Juges des maux que tu nous causes* »

21 — Petit groupe en biscuit de Sèvres : Enfant et Chien.

22 — Petit groupe en biscuit : Bergère et Joueur de cornemuse.

OBJETS DIVERS

23 — Curieuse nappe de toile damassée, entièrement décorée de figures, d'ornements et d'inscriptions relatifs à la paix entre la France et l'Espagne, et portant les armes de ces deux nations. XVIIIe siècle.

24 — Pendule lyre en marbre blanc, garnie de perles et de feuillages en bronze. Cadran en émail portant le nom de *Henri Voisin,* et ouverture centrale laissant voir le mouvement.

25 — Deux flambeaux de la fin du XVIIIe siècle, en bronze ciselé et doré, à cannelures et feuillages ; ils sont surmontés d'un vase accoté de deux branches porte-lumières.

26 — Bronze. Hanap en forme de casque. XVIIe siècle.

27 — Bronze. Sonnette, offrant au pourtour un bas-relief représentant Orphée charmant les animaux. En bas, une inscription et la date 1558.

28 — Deux flambeaux du premier Empire, en bronze ciselé et doré.

29 — Flambeau bout de table, de style Louis XV.

30 — Pendule de marbre noir, surmontée d'une statuette de Platon, en bronze.

TABLEAUX

ALBANE

(Attribué à l')

31 — *L'Amour brisant son arc.*

Beau cadre de la Régence en bois sculpté et doré.

Tableau de forme ronde.

Diam., 25 cent.

ASSELYN

32 — *Paysage montagneux avec figures.*

BRAUWER (?)

33 — *L'Intérieur rustique.*

Esquisse.

BREYDEL

(Chevalier)

34 — *Combat de cavalerie sur un pont de bateaux.*

BRUANDET ET SWEBACH

35 — *Chasse à courre, en forêt.*

Figures et animaux par Swebach ; paysage par Bruandet.

Toile. Haut., 52 cent.; larg., 64 cent.

CARRACHE

(École des)

36 — *Tobie et l'ange.*

Cadre ancien sculpté.

CHARDIN

(JEAN-BAPTISTE-SIMÉON)

37 — *Un Coin de l'atelier de Chardin.*

Au milieu de la toile, reproduction du Mercure, de Pigalle; à gauche, divers volumes, croix et ruban de l'ordre de Saint-Louis, boîte de peintre, palette et pinceaux. A droite, portefeuille, volume relié en parchemin, buire en bronze, rouleaux, plans d'architecture et instruments de mathématique.

Signé et daté de 1760.

Cadre du temps en bois doré.

Haut., 1 m. 13 cent.; larg., 1 m. 46 cent.

CUYP

(Attribué à A.)

38 — *Pâturage.*

Vache debout, vache couchée et mouton auprès d'un mur ; le pâtre et son chien sont endormis au pied d'un arbre.

Bois. Haut., 30 cent.; larg., 38 cent.

FRAGONARD

39 — *Tête de jeune fille.*

Fillette brune avec ruban rouge maintenant ses cheveux ; vue de trois quarts et en buste.

Toile. Haut., 45 cent.; larg., 37 cent.

HEUSCH

(WILLEM DE)

40 — *Paysage boisé.*

Au premier plan, un muletier sur un chemin montueux qui côtoie une prairie où sont disséminés des bergers, des groupes de villageois, un chariot traîné par des bœufs, etc. Au loin, une chaîne de montagnes.

Beau paysage, peint dans la manière de Both.

Bois. Haut., 85 cent.; larg., 1 m. 8 cent.

JORDAENS

41 — *L'Adoration des bergers.*

Peinture en grisaille.

Toile. Haut., 45 cent.; larg., 64 cent.

KALF
(WILLEM)

42 — *Une Cuisine.*

Bois. Haut., 26 cent.; larg., 35 cent.

KEERINCKX
(A.)

43 — *Renaud et Armide sur la lisière d'une forêt.*

LAMBRECHT

44 — *Le Repas devant le cabaret.*

LA RIVE

(P. L. DE)

45 — *Voyageurs attaqués par des brigands.*

Bois. Haut., 25 cent.; larg., 33 cent.

MAAS

(Signé T.

46 — *Le Repos des chasseurs.*

MARIESCHI

47-48 — *Vues de villes avec arcs de triomphe.*

Deux pendants.

Toile. Haut., 35 cent.; larg., 55 cent.

MEER

(JAN VAN DER)

49 — *Paysage.*

Bergers conduisant leurs troupeaux sur un chemin qui longe une rivière ; effet de soleil couchant.

MEER

(JAN VAN DER)

50 — Pendant du précédent.

Troupeau de moutons à l'entrée d'un bois.

Deux petits tableaux, en pendants, signés et datés.

Bois. Haut., 20 cent.; larg., 27 cent.

MEYERINGH

(A.)

51-52 — *Deux petits paysages boisés.*

Signés.

MOLA

(P. F.)

53 — *La Madeleine en extase.*

PALAMÈDES

(A.)

54 — *Intérieur de corps de garde.*

PEETERS
(BONAVENTURE)

55 — *Navires sur une mer houleuse.*

RESTOUT

56 — *Le Repas d'Emmaüs.*

Cadre Louis XV, sculpté.

SNAYERS
(P.)

57 — *Bataille dans un site montagneux.*

SNELLINCK
(C.)

58 — *Les Rois Mages guidés par l'étoile.*

SWAGERS

59 — *Bestiaux au pâturage ; sites de Hollande.*

Deux tableaux en pendants, signés.

Toile. Haut., 64 cent.; larg., 80 cent.

VERBOOM

60 — *Maisons au bord d'un torrent.*

61 — *Paysage avec tour en ruines.*

Au loin, une chasse au cerf.

VERNET

(École de J.)

62 — *Scène de naufrage.*

VERSCHURING

(H.)

63 — *Halte à l'abreuvoir.*

VOUET
(SIMON)

64 — *Saint Pierre délivré de prison.*
Esquisse.

WOUWERMAN
(Genre de PIERRE)

65 — *Chariot attelé d'un cheval blanc et villageoise allaitant son enfant.*

66 — *Cavalier et paysan.*

ÉCOLE FRANÇAISE

67 — *La Lecture de la Bible.*

68 — *Enfants chassant le lapin.*

69 — *Petit Paysage.*

70 — *Trois cavaliers, dont un timbalier.*

ÉCOLE FLAMANDE

(XVIIe siècle)

71 — *Saint Jérôme.*

Le saint, vêtu d'un manteau rouge, est à genoux devant un crucifix.

Bois. Haut., 65 cent.; larg., 80 cent.

72 — *Valet de chiens.*

73 — *L'Amour corrigé par Vénus.*

74 — *La Madeleine.*

ÉCOLE HOLLANDAISE

75 — *Vieillard.*

A mi-corps, les mains appuyées sur une canne.

Aquarelles — Gouaches — Pastels

BOUCHER

(Attribué à F.)

76-77 — *Amours dans les nuages.*

Deux jolis pastels, en pendants.

CHATELET

78 — *Paysage italien avec ruines.*

Aquarelle.

MOREAU

(LOUIS)

79 — *Bords de rivière ; effet de lune.*

Deux pêcheurs dans un bateau, sur un cours d'eau bordé de rochers. Sur l'autre rive, deux masures et la lisière d'un petit bois. Ciel nuageux.

Belle gouache, signée à gauche des initiales de l'artiste : *L. M.*

Haut., 42 cent.; larg., 57 cent.

MOREAU

(LOUIS)

80 — *Ruines au bord d'une rivière.*

Petite gouache, signée à gauche : *L. M.*

PERNET

81 — *Palais en ruines.*

Deux dessins de forme ovale, à la plume, rehaussés d'aquarelle.

PILLEMENT

82 — *Campagnards et bestiaux auprès d'une ferme.*

Villageois arrêtés sur un chemin.

Deux dessins au crayon noir.

ÉCOLE FRANÇAISE

(XVIIIe siècle)

83-84 — *Architecture et figures.*

Deux compositions représentant des ruines de monuments antiques au milieu desquelles circulent de nombreux visiteurs. Elles sont coloriées à l'aquarelle sur trait gravé à l'eau-forte.

GRAVURES

---

85 — *Description de la Place de Louis XV, que l'on construit à Reims*, etc., par Le Gendre, ingénieur du Roy. Paris, imprimerie de Prault, 1765. Grand in-folio avec pl. gr.

86 — **Carle Vernet**. Steeple-chase. Grande pièce à l'aqua-tinte.

87 — **Flipart** (d'après **Greuze**). Le Paralytique.

88 — **Vigée-Lebrun** (D'après). Deux pièces : la Paix qui ramène l'Abondance ; l'Innocence se réfugiant dans les bras de la Justice.

89 — **Van Loo** (D'après). La Conversation espagnole.

90 — **Greuze** (D'après). L'Aveugle trompé.

91 — **Debucourt** (D'après). La Cruche cassée.

92 — **Callot**. Fête nautique sur l'Arno.

93 — **Dunker** (d'après **Hackert**). Quatre vues de Livourne.

94 — **Wille** (d'après **Miéris**). La Tricoteuse hollandaise.

95 — Diverses gravures sous verre et en portefeuille ; pièces d'après Lemoine, Bouchardon, etc.

96 — Lot de cadres, dont deux en bois sculpté.

www.ingramcontent.com/pod-product-compliance
Ingram Content Group UK Ltd.
Pitfield, Milton Keynes, MK11 3LW, UK
UKHW020527180726
13839UKWH00005B/2366

9 782329 477312